当代诗人自选诗

万物有核

徐东 著

图书在版编目（CIP）数据

万物有核 / 徐东著 . — 北京 : 中国书籍出版社，2019.4

ISBN 978-7-5068-7234-8

Ⅰ . ①万… Ⅱ . ①徐… Ⅲ . ①诗集—中国—当代 Ⅳ . ① I227

中国版本图书馆 CIP 数据核字（2019）第 027536 号

万物有核

徐　东　著

图书策划　成晓春　崔付建
责任编辑　成晓春
责任印制　孙马飞　马　芝
出版发行　中国书籍出版社
地　　址　北京市丰台区三路居路 97 号（邮编：100073）
电　　话　（010）52257143（总编室）（010）52257140（发行部）
电子邮箱　eo@chinabp.com.cn
经　　销　全国新华书店
印　　刷　三河市华东印刷有限公司
开　　本　880 毫米 ×1230 毫米　1/32
字　　数　70 千字
印　　张　5.75
版　　次　2019 年 4 月第 1 版　　2019 年 4 月第 1 次印刷
书　　号　ISBN 978-7-5068-7234-8
定　　价　38.00 元

前　言

诗人是天鹅，我是只癞蛤蟆。我要想吃的不是天鹅肉，而是想要变成一只白天鹅。显然这是，蜀道难，难于上青天。我写过不少小说，别人称我是作家尚可勉强承认，如果称我为诗人，我会面红耳赤，恨不得找个地缝钻进去。诗人是精灵，是神仙，在我心目中的地位太高了，我配不上。不过，我从未放弃成为诗人的梦想，并一直认为，如果谁能专心一意地写诗，那他太幸运了。奈保尔的短篇《B.华兹华斯》中写过一位诗人，他看到一朵小牵牛花都会哭起来，他一年只写一句诗。我想成为那样的诗人，但事与愿违，我成为写小说的人，而写诗只能算是业余爱好了。

从前我是个纯粹的，也可以说是极端的理想主义者，那时我渴望的是天空和大海，为了写作可以任性胡为地放弃一切。工作不喜欢便不去做，只要有口饭吃便想把写作进行下去。现在的我早已转变成为我所不喜欢，却也难以回头的现实主义者，很少再有心情去抬头看天上的白云悠悠，去远眺大海中的浪潮翻涌了。鸡毛蒜皮的生活围困着我，让我像一只被关在笼子里的狗，徒劳地朝着外面，汪汪汪地叫着。我的现实，无法否认，否认无效，徒增烦恼。

所幸的是，我还可以不断阅读别人的诗作，还能偶尔从琐碎生活的间隙抽出几乎被挤压扁了的身体，泡上一杯茶，写一写诗，但常常，疲惫与焦虑使我写不出想要的诗句。我曾为不能成为我理想中的大诗人找过不少理由，显然所有的理由都是可笑的，终究还是自己不够强大到为了诗不顾一切。我深深知道，成为真正的好诗人、大诗人是相当不容易的，除了天生的才华，后天的努力，还有时代与命运的促使等诸多叠加的因素。所以我无比敬佩那些能有幸把诗写得好的诗人，他们高贵的头顶上方有着令我羡慕的金色光环。在阅读诗人作品时我也会暗自把用心编就的无形桂冠加在那些诗人的头上——屈原、陶渊明、李白、杜甫、王维、苏轼、普希金、聂鲁达、里尔克、辛波斯卡、叶芝、普鲁斯特、博尔赫斯、波德莱尔、萨拉蒙、艾略特、庞德、史蒂文斯、特朗斯特罗姆、徐志摩、昌耀、海子、臧棣、余怒……我喜欢过的诗人远不止这些，这些诗人在我生命内部的夜空如星辰闪耀，令我仰望，让我叹息，使我忧伤。我的身边也有些我喜欢的诗人朋友——孙文波、黄灿然、樊子、不亦、远人、王大块、曾居一、廖令鹏、李双鱼、赵目珍、刘郎等，平时听他们谈论诗，也促使我不断地写诗，与诗保持着近距离的亲密接触。

在希腊德尔菲太阳神庙上面镌刻着三条箴言，共中第一条便是——认识你自己。我想诗人们苦思冥想，呕心沥血地写诗，定然肩负着神秘的使命，那便是认识自己，并带动着更多的人去认识自己。这是个系统的大工程，其难度不亚于霍金这样的大科学家对宇宙无休无止的思索与探究。我也渴望认识自己，通过阅读和写作，通过一切有可能的方式。从十几岁我便开始喜欢上读诗、写诗，为诗痴狂，到现在有三十年了。回顾过去的诗歌阅读与写作，我自问：你对诗歌有着什么样的认识？你写出了什么样的诗歌？你能否相信自己可以写出好诗？你是否对自己和世界有了较为深入的认识？你的作品能否为他人提供有益的东西？我有许多问题，却没有答案。不过，写诗与读诗是认识自己的良方。我阅读了古今中外诗人的海量诗歌，投入且诚挚地写过不少，沉静下来看，能真正称之为诗的，值得别人阅读的并不多。写诗需要一种近似于特异功能的能力，我对诗的领悟与修炼还远远不够。好在这开放包容的大时代中人们习惯了浮躁和喧嚣，因此我也就允许自己浑水摸鱼，厚着脸皮向读者献上一本诗集。我希望借助于诗歌探索、发现、唤醒自己，试着赋予诗歌以我生命的光与热，我愿一首首诗成为我存在的证词与注释，而读者又将会从我的诗歌中获得什么呢？我不敢去设想，因为我总在怀疑自己，在诸多大诗人影响的焦虑下极不自信。尽管如此，我还是试图在有限中发现无限，在瞬间发现永恒，试图让思想情感的浪花闪跃在诗歌中，并让诗歌带动着我的此生奔腾不息。

人的一生大约是通过各种方式向过去告别，以确立自己的存在，这种告别被海德格尔说成是向死而生，写诗大约也是向死而生。庄重的人生需要仪式感，每一首诗也可以视为向读者传达一种仪式感。那种仪式感在每个人的精神生活中无处不在，也正因为人所具有的那种可以称之为神秘的，却又不容易被认知与言说的仪式感，这个需要秩序的世界还算有条不紊，还算值得期待。我需要通过写作不断加深这种仪式感之于我的作用，令我的人生更加规整与充盈。在写作上，我有着天真无邪，也有着痴心妄想。现在想来，过去的我过着什么样的生活，读过什么样的书，写下了什么已不再重要，重要的是现在的我以及将来的我所具有的可能。构成人当下存在状况的因素有很多，一个人的人生轨迹难以更改，但相对于每个人的当下，却可以有上千种选择，上万种改变。阅读以及写作令我不时产生更新自我的想法，我幻想过将来的自己可以成为一位优秀的，从文本上可以有益于人类的诗人。这种近乎盲目的幻想使我相信，人可以有更高的目标与追求，这算不上过分。不过，希腊德尔菲太阳神庙上面镌刻的第三条箴言是——承诺带来痛苦。成为好诗人，这是我对自己的承诺，显然我也要经受本可以不必要有的痛苦。

诗人，是人类精神生活的引领者。诗歌是诗人向世人证明其存在的一种方式，这种证明为读者提供了他们人生的副本，并使之相信诗歌以及诗意的生活是每个人生命内在的需要。这种需要使人变得真实而优雅，人类世界需要越来越多的能够诗意地栖居的人。

2018年8月9日 于深圳

目录 / Contents

逝去的仅是岁月之苦

飞向物质与事实遮蔽的某处
穿越一浪浪噪音，一团团
色彩，找回曾经的纯粹
半明半暗中，时空虚实交错
幽然相纹的城市之整体，呈现
鲜明的七情六欲，以及人性的
局限。翻越欢悦与痛苦的山脉
归熄于某种禅思意味的阒静
意象的鱼儿游进古老河流的智性
呈现分叉的孤独，所有孤独
有着不可触摸的电流。万有引力
托起累累果实，文明托起芸芸
众生。我越来越相信，我是
不可见之在的一种善意与爱的
凝聚，定有不被预见的天堂
吸纳我，逝去的仅是岁月之苦

不分彼此

一群鸟不分彼此，它们在飞
在用身体与空气交谈。在树枝上
雪地上，树枝与白雪不分彼此
一片风景与另一片不分彼此
词也不分彼此，词模糊成一团雾
一片云。我与词不分彼此
我怀疑变化的自己，愿眼睛
会说话，心灵会唱歌，当你的
眼睛遇见我的，当你感到我
心跳的鼓点，怦怦击中你
我们不分彼此，爱与恨不分彼此
我们像鸟儿一样，与鸟儿
不分彼此。天空与大地，山川
与河流，梦想与远方不分彼此
我的记忆与感受在飞，从过去
到现在，从现在到未来，时间

与时间，距离与距离不分彼此
你与我，灵与肉，不分彼此

彼时之雨落于此刻

我们去公园散步，回到工作室
我说，谁都曾经年轻过，三十岁时
还不觉得，四十岁突然就到了
真不敢相信我们已经奔五，很快
就要到退休年龄，步入江河日下的
老年生活，像公园里头发花白
两眼浑浊，望着风筝的老人
你能感受到，他们的心跳不再
激越，灵魂不再鲜活，唉
难得你还有心用手机拍花
难得我还为你拍下那一刻
真想时光如蜗牛一般放慢
再慢一点。真想放下一切
到处走走。真想恋爱一场
大哭一场。一切如愿又如何
我们上有老下有小，像关在

笼子里的狗，朝着生活的铜墙
铁壁吠吠地叫着。说点开心的
我羡慕你赚钱比我多，你赞叹我
自由。人各有命，一切都被安排
好了，很难想象我们可以生活
在四维空间，与外星人握手
相互问候。总的来说，我们
爱着亲人朋友，有车有房
有目标有希望，在大都市
混得都还不错。说着说着
白昼已逝，夜色渐浓
窗外淅淅沥沥下起了小雨
犹如彼时之雨，落于此刻

那时阳光真好

走在大街上，那时阳光真好
好得现在想起来就想变成
那只晒太阳的花猫。它不该
躲避我，它有它的道理
正如我想靠近它，与它建立
一种说不清的关系。大街上
走着一些人，他们像我一样
喜欢阳光打在身上。我们
为什么是陌生人？我真想
拉住某个人的手，和他好好聊聊
我想对他说，世人皆孤独
且孤独得有理。正如我爱自己
也爱充满问题的人世。对于
厌倦了生存者，我很想拥抱他
和他一起走一走，什么话都不说
什么都不想，就眯着眼睛
看一会儿太阳

一万个不能

我画下房子，且住了进去
我想象一位女子，便与她成了
恋人。只要我愿意，就拥有
至高无上的权力。金山银山
都是我的，众人皆是我的奴隶
人人都看我脸色行事，对我
唯命是从。我指鹿为马，酒池肉林
夜夜笙歌，醉生梦死，为所欲为
那又如何？得到的皆会失去
如果不能活得简单诗意
拥有的越多，罪孽就会越深
哦，我愿罪孽深重，哪怕
万劫不复，只要可以违背
自己的良心。可我不能活成
不愿活着的样子，那怕你用刀
架在我脖子上，哪怕你想方

设法，竭尽所能，诱惑我
欺骗我，威胁我，我也不可能
变成不愿成为的自己。一千个
不能，一万个不能。我就是这么
任性，这么理想主义

谁都曾想要痛哭一场

穿着向阳花走在大街上的女人
挎着红皮包，经过一些人
并走向另一些，你说不出她
终究是谁，但你会成为她
不经意间的闲思，她将会于阒夜
时分，为你伤感。你也有这样的
时候，你为陌生人难过。哦
你爱她右手握着的玫瑰——那也可能
是一把青菜。你爱她白生生的小腿
在裙裾下摆动，发出踏击水泥地的
响声。你爱她在风中飘扬的长发
散发出的香味。我们都一样爱着
陌生的，类似于渴望中某个真实的人
爱着渴望爱的人。因为孤独
谁都曾想要痛哭一场

中午时分在公园

棕榈树榕树以及别的树，树干
竖起的坚实，用力与靠在树上
休息的中年人对抗并交换感受时
出现一大片沉默。他眼眸呆滞地
看向更远处的树影，以及树荫下
形形色色的人。他享受纯粹的
栖息，尽管此时并没有诗意
在心间流动。他可以躺下来
与泥土亲近，与小草交谈
也可以调整呼吸与心跳，想着
远处走来一位善良可亲的女人
她不必太过靓丽——如果他爱怜
轮椅上垂首而坐的那位老妇人
就该有多情的女人爱着他
以及像他一样伤感且一样
厌倦了在时光里叹息的人们

阳光打在你脸上

公园的小山高度有限
可喜马拉雅也高不过风
我们像风走上去，又有
风一样的力量让我们交流
我说，自由比什么都重要
当然，阳光也很重要
瞧，阳光打在你脸上
我们活着很可能不只在此时
也可能活在彼时，柴火也未必是
从强到弱，也可能是从弱到强地
燃烧。燃烧，你真的理解吗
进化论与科学也解释不清，我们
为什么存在，并偏偏在此时交谈
因此，在没有路的地方会有
看不见的路，人有看不见的
翅膀。我们可以认定，没有

罗马，没有北京，没有上千条
道路，通往同一个地方
存在可能是个假设，我们并不
存在，或者仅仅是在万物中发光

把群山投入夜色

可以肯定，我们需要诗
而诗，可以不需要语言
试试吧，用身体与桌子相爱
用目光梳理它带纹的长发
用手臂抱起它，然后放下
我确信不是放在原处。因为
时空会变，我也会变，一件事
和人结合，或树与鸟儿结合
有上万种可能，例如我端坐在房间
写诗，也可以站起来走走停停
可以唱歌，也可以跳舞，不管
桌子和房间，有没有耳朵和眼睛
说得绝对一点儿，没有诗歌
就没有人生，也没有男人女人的爱情
没有可以感受到的时空，可以
安放怀抱中的事物。哦，我习惯

走向远方，而远方无诗
只把群山投入夜色

反　思

流浪者在夜里
蜷曲着身子，躺在马路旁
我不能爱他像爱美人
待他像待兄弟
我不能停下来问候他
祝他明天会更好

出　门

大雨滂沱，母亲说
雨停一停再走吧
可行李已经打好，等得越久
我就越难过

多年后我想起
那次在雨中出门
就想起母亲，那张
被雨淋湿的脸

灵 魂

灵魂是存在的
当我在别处想起你
也想起另一些人
想起过去，也想到
从未经历的未来
灵魂是存在的
你为什么偏要否认呢

冷　漠

这些年我生活得不容易
大家全都生活得不容易
我习惯了别人冷脸看我
我也冷着脸，愧对
那些曾经对我笑的人
我欠了他们的债
他们也一样，欠了别人
世界太大，人太多了
怎么还呢

词与语言

想到如何从自身超越时代
我从工作室走向大街
看别人在忙碌些什么
我要寻找与语言对应的词
与时代融为一体。为着诗意
地栖居，在感受中我无时
不在攀登，且以无法言说的
方式。我希望词与语言不分
彼此。事实上词不是语言
正如那次我看到一排光头
模特的裸体，而不是一排女人
它们从店门口一直站到
店内，如外星球的宫女
它们没有眼眸，没有耳朵
看不见，也听到，更不会
问候我，你好！我是旁观者

是匆匆过客。店里是女式服装
花花绿绿，我无法装成顾客
随便进去。那位扎着马尾辫
穿着无袖衫、连衣裙
皮肤白皙，正在为模特
穿衣服的女人，扭头看到我
并给了我一个微笑。我感受到
她以无声之唇，说了些什么
一首诗不是词的排列
而是语言被创造的可能

想象与感受

在工作室，世界从我开始
众人皆在我的远方。他们
向我汇聚，如雨落向我
阳光照着我。我有十足的
理由发呆或唱歌，也可以
像一阵风吹向大街。在人群
稠密的地方，不动声色地穿过
我享受过程，不要结果
而手机突然振响，如同
生活，撒开无形的大网
我成为空气中的鱼。写诗
或恋爱，犹如吐着泡泡
上帝啊，承蒙你赐我想象
与感受，因此我可以抛开
世界的表象，在语言与词
所演绎象征的游戏中

在想象与感受中张冠李戴
无中生有，虚构一切，而
一切之我皆从远方向我汇聚
因此，爱与自由可以无边无际
令我幸福，令我拥有全部
之有，因此我有十足的理由
爱着远方对我的缄默

印象与感受

在公园门口，当他
肩扛一把铁锹，急匆匆
迈动罗圈腿，走过我
不知去往什么地方时
我忍不住回头看了看他
他像是来自故乡的人
个头不高，宽厚的背脊
微驼，他是进城务工
为着老婆孩子过上好生活的
男子。他是被称之为底层的
那群人中的一个，但我不那样
认为。我闻到飘散在空气中的
汗味儿，感到亲切，多年前
我就曾和他那样的人
生活在一起

有　人

有人只是和像他一样的人
交换电波，而在另一个星球
接收到的，仅仅是太空无尽的
蓝。有人厌倦了债务与疾病
有人放弃了怀疑与继续做个好人
有人渴望彻底活在死亡的诱惑中
一了百了。你看，有人从高楼上
跳下来。啊，仿佛他代表着你
跳下来，但你难以理解他瓷器般的
脆弱与决然赴死的勇气，理解
又如何？夜色中眨眼的星子啊
愿你拥抱他，以及像他一样的人

记一次旅行

正如有欲望难以满足
正如河水流淌难以止息
正如你不知为何忧伤
正如没有完美的爱情
你为何在羞耻感的十字
路口徘徊，为何突然
不告而别，去了远方
痛苦的无形，如茫茫荒野
为着逃避爱与孤独，你
需要一段光阴虚度
需要乘上动车穿过
大地的无言，而感受中
空间敞开未来之有
并张开无形的怀抱
迎接你的风尘仆仆
多么好啊，你在持续

告别中脱胎换骨，你内部的
那个自己生出翅膀，并用
飞翔痛恨安分守己的传统
哦，且饮一杯烈酒
唱一首热辣辣的歌
任光阴如梭
织就一生

想起北方的田野与村庄

北方的田野与村庄
在光阴涌动里徐徐展开
二十四个节气的粗枝大叶
与明察秋毫。春夏秋冬
四位神仙穿着不同的衣裳
有着不同模样。生长庄稼
与野草的土地散发古老而
清新的芬芳，并使劲撑起
一方晴空的传说。云朵
过滤着毒辣辣的阳光，悠悠
谈论着白杨树与桐梧树平分
秋色。一条大河派出数条
小河，水中的鱼儿吉祥如意
村庄坐落在炊烟袅袅的方向
旱涝无常，婚丧嫁娶的村庄
日出而作，日落而息

面朝黄土背朝天的村庄
远离城市，说着乡俗俚语
鸡毛蒜皮的村庄。日子
对应鸡鸭牛羊与月亮
渐渐凋敝的村庄。哦
村庄进入甜美梦乡，在梦中
降下一场纷纷扬扬的大雪
那雪落向游子之心
落向四面八荒

诗人之爱

细数屋檐坠落的雨滴
看蚂蚁搬家，以此抚慰
羞愧难言的心事。他通过
对世界的热爱与想象
控制充满爱欲的身体
与那颗鲜活如飞鱼的心

阅读与智性升起怀疑与
拒绝的风筝，他渴望远方
天才的远方在其内部
他告别人群，抗拒花红柳绿
以及充满伤悲的甜蜜
喧嚣的充实与虚空
从尘埃中生出翅翼，飞翔

过去所代表的他之所有

被风干成戈壁荒漠中的一个
墨点，踽踽独行的风景
向熙熙攘攘的人群，回溯
另一种生活。当他在旷野
想起那消逝的欢愉，也并非
幸福，但它尊贵，令他真实

远处简洁的雪山更加神秘
当他摈弃一个社会人的部分
属性，便有机会成为大都市
公园与广场上的雕像。众人
诵读他的诗章，谈论他的从前
哦，请不要再笑他的身上
落了鸟粪，且如何孤独
因为他爱你，且超越了
如何具体地爱你

多年后我老了

多年后我老了，且老得
那样不可逆转，愿仍有
年轻的心灵爱我。为此
我克制着享受，伏下身来
夜以继日地燃烧，并锻造
我之内部的黄金国度
我是我一个人的国王
是上万种生存方式的象征
是一篇童话故事的种子
是你内心绽放的玫瑰与百合
愿你爱上我的想象和祝福
愿你的脸上常有微笑
明净的双眸顾盼含情
我需要你多情而纯粹的注视
野蛮的生长与不顾一切的
真情，因为那些无法忽略的

沉重与命运的嘲弄，令我
发须斑白，老态龙钟
啊，无辜且不可逆转地老去
符合自然律，愿伤感与痛苦
奉献与获取都是幸福
愿你爱一个人
爱上他的心灵

我的想象四季如春

看光阴似火熬出一锅粥
看天空中云朵向大地
投射阴影，看众人在城市
与乡村忙忙碌碌，看自己
写下的诗行。我的想象
四季如春，那些春一样的
事物，飞起来成为天堂
小树苗瞬间长成了参天大树
树叶往返于千年落日的远方
远方一无所有，应有尽有
我的两手空空，坐拥万有

桃花开了

那一年我们驱车去看桃花
桃花开了，开得正好
那一年的那一天悬在记忆
墨绿的枝头，记忆的深井
涌现清凉的感受。哦
桃花开了，一朵挨着一朵
它的花瓣粉红、轻盈
它的花蕊灵动、生情
我不能说我爱它，我不能说
我是一朵小小的火焰
怀着燃烧的痛苦。哦
桃花开了，开得欢天喜地
不顾一切。我不得不闭上
眼睛，用心灵感受，不得不
睁开双眸，打量它何以盛开
它们不分彼此，绽放争宠

仿佛不是为着自己，而是
为着嗡嗡飞行的蜜蜂
快乐的蜜蜂低头采蜜
你别想听到它说
——我爱你

我想到未至的光阴

我想到未至的光阴
所对应的夕阳红，一座不高的
山上站着一位老人，晚风吹向
其内心的寂寥，渐次涌起的夜色
如潮水，漫向万家灯火
一颗心如白鲸，游弋于无言的
深海，上千个落日的感受
如在梦中，忧郁而欢快地喷水

陌生的诗人或读者

她可以代表他，以及
他们在我的感受中
成为陌生的诗人或读者
成为我孤独与爱的切片
赏析者。瞧，她面颊上
那片绯红已经消失在岁月
持续磨洗的无可奈何
灵动的双眸稍嫌呆滞地
望向永恒之瞬息万变
阅读，以及生命内部的
诗行，令她拂去光阴
落满厚厚一层的尘灰
一个句子，对应她未说之词
并击中少女时代的心动
那时她渴望一句雷鸣般的
问候，一场瓢泼大雨

那雨落向陌生而鲜活的时空
我，就是那个被淋湿的人

漂　泊

从渴望逃避故乡开始
一个人和单薄的行李为伍
走向城市。这庞然大物
吞下你的青春与梦想
随手把你丢在马路旁
自生自灭，幸而像你
一样的人与你呼吸相似的
命运，在工厂、在写字楼
在城市各个角落，吞咽着
粗糙的孤独。幸而城市的
高楼大厦，车水马龙
到处是你们的身影
当众人的孤独合在一起
就成为大时代剧场里
正在上演的一场哑剧
演员是你们，观众是你们

上帝也是你们。漂泊者啊
请为自己喝彩，请为自己
寻找一位恋人，几位知心好
友，请为自己撑起一片晴空
建立幸福的家庭。请用
辛勤劳动的四肢，用那颗
独一无二的心灵去感受
于是你的漂泊像雷声过后
大雨过后，止息于阳光下
众人的城市

故乡及其他

关于故乡的传说
无非是离乡与返乡的
见闻录，被命运相似的人
广为流传。无非是蒲公英的
种子随风飘扬，在城市的
边缘地带，寂寞地生长
哦，你身体的故乡
渐去渐远，如光阴流逝于
时空变幻的物质与精神
唯有回忆的幻灯片，根植于
命运的土壤。你要生长
要开花结果，要与一场伤心的
爱情说再见，你会感叹她
现实主义的光芒刺伤你的
皮肤，痛在心里
你会接受现实的理论

加以实践，会邂逅另一场
似是而非的爱情，并陷入
选择的结果。你带她回到
久别的故乡，她会通过旧物
看到你小时候的故事。她会
爱上自己蛰伏已久的感情
在夜晚，一场突然而至的
停电会令如烟往事弥漫
你拍拍手掌，希望一切如常
哦，故乡仍在，故乡已远去
如同列车经过那些
无法停留的地方

不能说大地比我富有

不能说大地比我富有
天空比我幸福。不能说
没有村庄，只有原野
没有灯火，只有星空
我遵从内在的感受
让心想事成的城市
结束一天的奔波
对着空空墙壁自言自语
哦，为了沉重的生活
有时，我真想从窗口
跳下去，幸好有风骤然刮起
大雨从天而降。我看到
风吹雨水斜斜向下的瞬间
持续，如鸟儿从枝头跃起
一种可能。因此我要享受
挫折与苦难，享受夜晚的

睡眠，并让日积月累的
疲惫与忧愁，合在一起
梦见泉水清清

上千个夜晚的感受

蚌一样的夜晚
打开圆滚滚的珠光
我感受到一种静寂
源于上千个夜晚的沉淀
和内心的需要。夜晚
使我之内部多么美妙
仿佛不是万有引力使我端坐
不是分分秒秒使我活着
是诗意的燃烧存在于
模糊的时空，并呈现
浑然一体的奇迹
仿佛我独自发光，呼吸
神灵供给的空气，自由
支配着词句所能到达的地方
哦，时间并不存在
上千个夜晚否定一切
一切又重新映现

在爱之中

此生只愿遇到一个你
在茫茫人海闪亮的你
我喜欢你的模样，善良的
心肠。你有生存的压力
向上的理想，你有真诚的
笑颜，虚伪的面具
此生只愿遇到一个你
你是风，没有方向
无法停歇，我是燃烧的
火，请你把我熄灭
用小小的手掌，小小的身体
我请求和你一起唱歌
和忙碌的人群一起忙碌
为什么你的小手冰凉
我的脸庞忧伤？为什么
晶莹的泪水，含着淡淡的

绝望？请你吻我，吻我
我已变成黑黑的夜晚
变成了灰烬
可还没有熄灭

爱之短章

一

怀抱鲜花的少女
在远方盛开
羊群把风跟随
我尾随其后
像片闲愁
何苦终日忧伤
白云把我高举
举过山川草木
像天一样空空

二

我赶着一群洁白的绵羊
放牧在白云下青青草原上
你变成花儿来爱我
你好啊，姑娘
你有娇柔的身子
花儿的芬芳
你用风的嗓子为我唱歌
我面朝原野微笑

三

花儿一样的姑娘
我爱你
像星星对你眨眼睛
为你写下简单的诗句
那从心里流出的句子
像水从石头上流过
哦，你是一朵花
我是一片叶
痛苦都是假的
幸福才是真的

我想去一个新的地方

告别熟悉的生活
我想去一个新的地方
于是我借助想象
来到一座新城
那儿有山有水
楼房不高，最高的
也不过五层，绿化不错
大街上车辆不多
行人也不多，有男有女
他们面目可亲，全都带微笑
我在十字路口站立
等待一位女子
我想和她恋爱一场
如果她也需要
我要对她说声谢谢
那是一座没有压力的城

每个人的生活都有保障
工作不喜欢可以不做
写诗是种正当职业
没有谁一心想向上爬
人人都有住的地方
吃穿不愁，谁的钱多钱少
都没关系，商场和饭店的
服务员和颜悦色，那儿
否定与幸福无关的一切
痛苦与忧愁仅是种幻想
人们迈动着海浪一样的脚步
不需要为生存辗转奔忙
黄昏会在不经意间来临
微风轻轻抚着夜色

少女画像

她被抽象为线条和色彩的少女
存在接近语言般大体的青灰
她有微倾的身体在时间中悬空
想象中具有的重量使沙发倾斜
她被人爱着成为失忆的自己
所有的人已不是她的未来
她被画师定格成为想象的花朵
瞧她的眼神仿佛不用生活
花瓣低垂的小嘴成为美的重心
有种淡淡的香味渴求向空中一吻
一定有少年向他朗读情诗
一定有爱在她四周汇集
一定有一万种美好使她双腿蜷曲
她已不再是模特，不再是她本人
她已不再是父母的女儿，不再是情人
她有对空墙壁的幻想，孤单的嗜好

她空虚的钉子咬紧寂寞的绳索
看不见的内心外化成不存在的城市
看得见的桌子水瓶如同时光累积
她的外部有片森林狂热地爱着湖泊
灯光斜照使她的整体呈现究竟为何
我要克制对美的欲望才能更好爱着
我要长久地把她凝视才能喝上一杯
我不知是苦咖啡还是甜红酒
我不知道许多个夜晚曾对她说过什么

爬山虎

感受和想象中的城市
有条神奇的大街
墙壁上爬满爬山虎
中间有条金色的路
我用柔软的脚轻轻走过
小心翼翼看护着自己
生怕一不小心就走进墙壁
恶作剧般埋伏在蔓与叶中间
静静看着另一个自己
我清楚灵魂的秘密
赤裸的空虚，存在的真实
说不出光与影的关系
只感到身上，长出了
碧绿碧绿的叶子

你看满大街走着的

你看满大街走着的
是在另一时空也会发出光热
与你相似的人
你要爱其中的一个
还是所有？你无声走过
他们，你和别人的影子
重叠在一起，你感受到
他们的气息与你相近
你在远处回忆过去
你看到大风追着鸟儿
在凛冬时节藏进一场
茫茫大雪，你会想见
无边的夜色，撒开大网
打捞着什么，你不说话
因为万物有灵
难以言说

我梦见我从远方来

我梦见我从远方来
风尘仆仆，两手空空
遇见另一个我
万物各安其好
我又长胖了一些

我梦见我不断否定
活得像个假设，一位逝者
在山坡上高声朗诵
啊，“啊”也可以是
一部分星的叹息

我梦见分手的恋人
从四面八方走来
放下所有的矛盾
紧紧拥抱在一起

而雪花纷纷扬扬

我梦见树林托起一方天空
鸟儿在飞，而飞
有种孤单美
它们说着什么
或者什么都没有说

我梦见月光照着群山
我在空旷处站立
大声说——在这个人世上
不一定要有我
有你们就够了

悉达多在岸边

水在流淌
他望着那条河
无法否定，也无法确信
存在的意义
他用愤怒的表情
扭曲过去，试图
找回一道清澈的眼神
光之影掠过浪花
彻骨的倦怠
刹那间敞开
他看见一个婴儿
正是曾经的他
富有与贫穷
爱与恨
生与死
构为存在的依据

哦，一切皆在水中

无休无止地流淌

绝望如一支箭

射向未知

一条河给予他此岸与彼岸

他目光宁静地望着水流

双手合十

夜色弥漫

芝麻开门

门已打开

我留着长长的卷发

我留着长长的卷发
目光清亮而又迷离
在夜色中独行
渴望邂逅难以预知的美
我那颗心，盘踞在
多欲的身体，怦怦跳动
痴愚地爱着人类
像个不现实的孩子
长者说，你无法逃离
你会经过一些人
也会遗忘一些人
你活在众人之中
经历些坎坷才能够成熟
如今我留了短发
活得更加沉默

尽享这样的夜晚

悄悄穿上衣服
离开熟睡的亲人
走向书房
我克制着抒情
内心充满喜悦
我属于诗句，被自己抒写
我祝福万物花开结果
吉祥且如意
祝愿人人幸福美满
心想事儿成
我不想国家大事，种族歧视
世界争端，各种犯罪
我被诗句拥有
也拥有诗句

中午时分想起一个人

云朵在天宇中缓缓移动
我望着桌面上的一盆金橘
它占据着不存在的空间
向上举起沉甸甸的果实
有些叶落下来，有着优美的
弧线，枝与叶把虚无分割
隐身于另一种实在
这个中午仿佛没有了爱与恨
记忆在昏昏欲睡时模糊地重现
我想要说些什么，突然
我就想要安抚你。阳光
穿过敞开的玻璃窗
蓝色与金色的光，落在
与往昔重合的地面
我们没有交谈，我们
已不必再说什么。我的脸庞

有风吹过，有风吹过
为何使我难过

借助于暗夜站在云端

借助于暗夜站在云端
望着此刻的城市，闪闪发光
你的眼神是最初的光源
万物从远处奔向我的渴望
我如何再对你说我爱你
当真诚面对伪善，理想
面对现实，欲望伴随无法
定义的欺骗，如果说爱与美
无处不在，我相信我们没有
终点。我从你的内部看到
一片蔚蓝，我在其中的隐没
与闪现。想起爱的纯粹
我们的过去，我相信
我可以借助于暗夜站在云端
望着伤感的我，以及我内部
正在发光的你

爱着的心还是那么柔软

人生的两岸是不断涌现
又向后隐去的青山
我该如何在一道彩虹的幻境
凭空存在？内心的天空呈现
七种色彩或者更多
如同实在，我们背叛自己
可总有什么不变。我爱着
模糊事物中想象的清晰
你的眉眼。哦，人世间
默默走路的人那么多
独自唱歌的人那么多
被风吹着，不说话的我
喝下一杯又一杯，沉重的头
垂下，地面空了
就那样空着，可爱着的心
还是那么柔软

我的爱渴望空虚的未来

孤单的深夜使我画下
群山还有树林，树林
藏着飞鸟，我面朝天空站立
命运不是向上，不是向下
它朝着未知的方向
我的爱渴望空虚的未来
在不知不觉的伤感中
没有可以相爱的人
尽管渴望倾心一吻
结合了记忆中的事物
想象空中飞过的鸟儿
终会隐没在无边的清风
我相信有些事物不是种子
从未萌芽也未生长
而我爱那样的事物

没有对象，找不见对象

没有对象，找不见对象
不需要对象。我的身体有雨
落向地面，盲目的诗意
自言自语，雨中行走的人啊
你好！望向窗外的人啊
你好！我克制着忧伤
翻开书页。我烧水沏茶
安静下来。我爱着什么
不爱什么？一切如常
我不死心，渴望反常的痛快
我的精神有肉体的需要
我的肉体有永恒的幻想
我想化为无形，感受不到
自己的存在。我温热
我亮着，我无聊，我假设
光阴如梭，我度日如年

我用狂想超越自己

熟悉的陌生的扑面而来
戏剧般抗拒着限制
没有谁不像自己
我被拴住，许多人被拴往
怨声载道。责任是一枚钉子
拔出自己，留下伤口
我是一面镜子，镜子
对着镜子，构成了世界
我是主人，我被左右
被改变、被成熟、被认可
被虚伪、被怀疑、被放弃
被同情、被痛恨、被有限
我是破碎的、细小的、微弱的
分裂的、疼痛的、冷漠的
绝对的、无限的。我纯洁
流向混浊，我混浊

流向纯洁。我体验我
我消费我、我抽空我
我是散漫的、口语的、个人的
日常的、反复的
我的光阴流淌着世界的
秘密，我日夜阅读着
一张张脸谱，一页页字纸
我用狂想超越自己
我的灵魂拒绝肉体
我的内部产生危机
我不要责任
我想要爱

我的血液里有一匹马

有人在喊
许多人在喊
许多声音被听见
许多人没有耳朵
许多人混入另一些人
我在喧嚣与寂静之间
在人与人之间
我在风中看到我的样子
我在路上看到我的影子
我身体里充满人影
影子与别人没有什么不同
我在燃烧事实产生精神
我的燃烧令我兴奋
我在沉默中生出翅膀
我的感情正在形成
思想正在形成，世界正在形成

我怀疑我会枯燥乏味
我演戏般放声大笑
我不好意思痛哭失声
我逃避狂想的现实
与过去共生共长
我的骨头里有古代生活
脸上有都市高楼的投影
我的血液里有一匹马
我骑在马上奔跑
我的远方没有道路
前不着村后不着店
我的荒野铺展开遥远
我在梦中走出自己走出人群
我走向光芒碎裂的时间
走向雨滴坠落后的失败
我与失败紧紧抱在一起
我一声不吭

你　好

我总想对谁说
你好，你好
我对自己说，你好
这个词藏在心底
没有方向
说出后才能醒来

石　子

小小的悲伤像石子
不知它来自哪里
它漫山遍野
有时又是孤零零的一粒
它从不说话
仿佛是星光的实体
每一颗都很硬
沉甸甸地躺在心里

树枝折断时的感受

我看到一些事物的安静
自然地看到它们的自然
亲爱的树枝向上生长
小鸟儿纤细的足感受
树枝的歌，风儿路过四季
留下回忆，爱曾绿过
枯就枯了，形与神的奉献
并不盲目。我听到树枝
折断的声音，如清脆的笑声
在白雪间消失，那瞬间
完成的坠落，让我感到
人人都需要抒情，为了那
未知的一切，和到头来的
消失，在今天我们要相亲
相爱，相互安慰
在各自有限中要相信无限

我写下这一行行诗句
为的是让你相信
我是多么爱你
而你就是看这首诗的人

记　忆

那么多模糊的记忆
使阴影小心翼翼
走过一条条街道
有些事物依然待在原地
默许时光脚步一样放慢

每一个黎明都有一束色彩
最先苏醒，从雾气弥漫的
树林后面，升起的太阳
使苍穹变成挂满云彩的斜坡
鸟啼使群山次第隆起

爱

假如你不爱我
你不会爱着荒野
假如你爱我
你会不会爱着天空
我爱你走向远方
就像要去把你寻找
你是绝世美人
是所有美的集合
难道你真有那么美
美过我望你的目光
难道你真有那么好
好过我对你的心肠
你的美在于我的想象
你的美好在于我的美好
你不知风是我的消息
光是我的爱意

我甚至爱你的伤心难过

多么真实，胜过爱的虚幻

我想告诉你我爱一切美

这幻象造成的伤感多像幸福

你说谁不需要多汁的爱情

以孩童的心灵爱你

贪恋爱之外的美

我爱着世界

想要把世界给你

爱着世人

想要世人爱你

你又如何懂得

我怎样地爱你

假 设

原野上鲜花盛开
寂寂无人欣赏
我来到了这里
想让痛苦的爱安息
我腹中空空如洗
悲伤无人看见
狼把我的骨肉啃噬
我的灵魂随风飘散
你是否会想起我
有着如你看到云彩

泪　水

原谅我，我能感受到
泪水它包含着天真和世故
内心空空荡荡，期待被填满
眼泪是明净的语言
落在心中，天上的星辰在说
我们多么悲伤
可悲伤的内部
有着灵魂需要的光明

因为爱

在这独一无二的夜晚
耳畔响起你的笑语
想起你，你便闪闪发光
可你遥远
因为爱
我把世界一分为二
一个是我
一个是你

有时候我知道

有时候我知道你恨我
不仅仅因为我单纯
在今晚我猜想你在想我
不仅仅是因为爱
爱已经消失，伴随着
时间的流水，在大海
升腾为飘浮的白云
有时我只希望能想着你
在这空空荡荡的夜里

花朵的原野也属于呼喊

花朵的原野也属于呼喊
那许多个时刻到哪里去了
四周空空无人的游魂
目击河流的凹槽有风吹过
许多人留下了昨天的道路
亲近诚挚而悲伤的心灵
隐瞒命运的人类并不轻松
扩展开来的空气充满生物
死者证明生者，浩浩荡荡
如存在的虚空之实在
在我内部

天　鹅

圆眼睛、长脖颈、瓷羽毛
阳光照阴影，她发现时光和雨滴
哦，耳中生风，起飞吧
带走爱情，带走自己
此处是远方，是曾经的未来
此时是光芒，是穿得透的永恒

爱　情

上一次遇到同样渴望爱的人
彼此顾惜，付出了想象中才有的真诚
孩子般交换了现实中难得一见的梦境
相互交谈的话语比天空还要辽远
仿佛射中了太阳
又落在孤单的夜晚

谁不是水的部分

谁不是水的部分
那些死于内心的话语
可以在水中找见
鱼类吞下水痕吐出泡泡
我与你相伴入梦，清醒时
又背离，回到
同样背离水的人群

我爱你

我爱你就像爱着我的童年
爱着树枝间跳跃着喳喳叫的麻雀
我爱你就像爱着明澈的溪流
爱着你调皮闪亮的浪花
我爱你就像爱着旷野中的花朵
爱着你独自芬芳的哀伤
我爱你就像爱着这个世界
爱着模糊的事物被埋进沉默的泥土
我爱你就像爱着万物生长
爱着看不见的力量盛开所有的梦想

远处的树林多么安静

远处的树林多么安静
树叶上的露珠多么美丽
不仅是一颗那么美丽
它们全都没有记忆
我曾凝视那湿漉漉的树枝
也不言语

今生我们已经错过

结束总伴随着开始
期待一个崭新的明天
太阳会离我更近
城市会离我更远
在无数个夜晚托起的明天
我看到自己的孤独
走向前方，在人潮人海中
紧紧把别人抱在怀里
我已经没有了泪水
也无法洗去你脸上的灰尘
我想起你已不想再说什么
只希望你看透那许多个白昼
拥有一个简单的夜晚
为了今后的许多个白昼
所堆起的永远的夜晚
我们要爱上所有

我们隐没在永恒的光中
爱着，只是我们
在今生已经错过

镜　子

你轻声对我说，你笑的时候
还是很好看的，我又笑了一下
你并不存在，声音从我的内部
发出，你就藏在我的体内
我对着镜子笑，那么自然
又有点儿神经兮兮
你相信吗，有时我是自己的恋人
镜子难道仅仅是镜子
假如没有光，我就看不到自己
有时我做出怪异的表情
没有缘由，有时我想看一看我
忧郁的神情，我不再是少年
当然还不到白发苍苍的年纪
皱纹不多，还可以相信自己
依然年轻。在镜子面前
我变得没心没肺，不愿意多想

我望着自己，就那么望着自己
把自己当成一面镜子
一切都如我一样，我也是
万物的一面镜子

幸　福

我想要一个人时
身边没有别人
我想要有个伴时
有人送上了一杯咖啡
在路上遇到一位久未谋面的
朋友，相互问候
在一群陌生人里，有人
向我微笑，累了一天
回到家里，松开四肢
做了一件未曾做过的事
并不感到后悔，喝了一口泉水
感觉很美，想象中的亲吻
因为想象产生了余味
幸福是今晚，我一个人
喋喋不休地说话

废　话

有足够多的废话
源于荒野的冷冷清清
有时废话诞生于光滑的皮肤
当我用手指触摸着自己
就想说点什么
废话是一束散乱的光
照亮一片小空间
生命中所具有的时间
像钟表在转，它们转着
一圈一圈地转着
无声地说着

内心的话语在倾听

清晨，我穿过楼群
发现一个在远方的人
盼着我归来
尽管我从未到达
爱因为美好的记忆
甚至是痛苦也功不可没
相信未来又为何沉默
内心的话语在倾听
草木生长
鲜花盛开

心 痛

想一想就心痛
心微微地痛
想到世界我心痛
想到你也心痛
你不能死心踏地爱我
不能清楚自己
我也不能装糊涂

如果你像花一样

如果你像花一样
就不要说房子说物质
不要让我远离诗意
如果你像花一样
就请敞开你自己
有花儿的模样
花儿的芬芳

纯 粹

你是纯粹的
世界是纯粹的
在你爱着的时候
甚至是恨的时候
在你冷漠的时候
甚至是绝望的时候
在你怀疑一切的时候
甚至是天真地相信一切的时候
不论你成熟还是幼稚
你是纯粹的
世界也是纯粹的
选择是纯粹的
放弃是纯粹的
死亡是纯粹的
活着是纯粹的
瞬间是纯粹的

永恒是纯粹

我爱着的你也是纯粹的

一切都是圆的

球在滚动，它是圆的
世界也是。一只大球
在空漠里滚动，它的阴影
紧紧跟着，又消失在
走过的路径。在其中
没有谁看见那路
你的眼睛是圆的，笑也是
花一样的脸也是。火熄灭后的黑
期待光亮似的，什么在黑之中
滚动？我慢下来，静止不动
不看、不想、不听
我渐渐变圆，除了眼睛、肚子
还有手指、胳膊，我越来越圆
开始滚动。有人跟我滚动
我们一起做游戏，从现在开始
我们去远方，远方也是圆的

远方是诸圆汇聚的纯粹
是太阳射出圆圆的光粒
风的盾牌举起，风也是圆的
一团团的圆被撕开，被击碎
被抛弃。灰尘也是圆的
灰与尘在一起弥漫，欲望敞开
又合上，这个过程是圆的
我否定过去的一切，活在当下
当下也是圆的。花红柳绿
会变灰、变无、变空
一切都在滚动，时间也是
时间过滤我，留下词
词也是圆的，词在滚动
在雨水中滚动，在圆中滚动
不停地滚动
在一片汪洋之中

过眼云烟

爷爷喜欢种树
那时他还在人间
那时我喜欢下雪天
在地上支起箩筐
撒下谷粒，等鸟来

在远方，时光停下来
此刻我想见，在这世界上
众生喧哗，白云飘飘
一切皆如过眼云烟

是的，你足够迷人

是的，你足够迷人
我们本来是陌生人
只不过偶然相遇
凭什么相爱？是的
你足够迷人，在你的那边
充满了烦恼
你仅仅是你
却被别人迷恋
思想的透明，感情的真挚
抵不过物质的混沌
欲望的欢欣
爱有时是转过身去
是种子在别处萌芽
是的，你足够迷人
你甚至是一切美
但如今我否定这一切

我们不过是

彼此的一道风景

我总是跳起来

我总是跳起来
总是不被看见
从小时候起
我就是蓝天
我是云，不断飘游
我不企求爱
我在你们的内部
爱着你们
你们看不见
我不需要爱
不需要金钱
我总是跳起来
从你们的内部
跳起来

当我走远我临近了你

当我走远
我临近了你
你看到我向你走来
而我不言不语
在我的感受中
你善良的一面
真实的一面
自然的一面
形成一颗光粒
这世界就静悄悄地亮了
哦，一切仍在继续
我们的此生有永恒
有时一声叹息
是飞鸟栖于树枝
蓄存力量，终会以
灵巧的身姿纵身一跃

哦，又一次起飞了

因为爱

这世界更宽广

自言自语

一

走在领取巨额汇款的路上
我想那些钱都是虚的
人总归要死
有钱能证明什么

二

我写下诗歌
仿佛是在为了说明自己
什么都不说的人啊
请原谅我，不说话
我更难过

三

每个夜晚你都奔向他
他在不确定的地方
令人费解的两个陌生人
相互思念

四

我的爱在渴望
而不是我在渴望
我在云端流眼泪
我是雨水，你是
在雨水中行走的人

五

我是爱着你的
只是无法继续爱你
我们的爱是一阵风
吹向茫茫旷野

感　受

我装作懂得了她的秘密
我装作自己不懂得
用沉默使河流漫过了高山
使高山高过了天空

太阳升起

太阳升起，太阳升起
吉祥的云在心中升起
千条长河在心中流过
万座高山静静伫立
不用我说，沉默不仅仅是
不说，甚至是不存在
不运动。生命在它的外部
依然存在，存在本身在说
消失的过程，有一粒
空虚的种子就是未来
一朵花开，一棵草长
一只鸟儿飞翔，总有
让我感动的内容
在光明与黑暗并存的世界
纯粹不仅仅只靠想见
纯粹像太阳一样升起
白云一样升起

云　水

我一路问到你的故乡
带上所有的爱了
我走过了拥挤的城市
走过树林和山岗
我蹚过一条条河流变湿了
我把自己弄丢了
我在岩石上画过你的模样了
我的指头流血了
我望着云的时候想你了
想得变成雨滴了
我带着你的名字去流浪
走过你走过的地方
我在天空中留下目光
我看到你的洁白了
我在地面上偷偷地想
想得落泪了

我望云的时候想你了
想得变成了云彩了
我望水的时候变成了水
流进大海了
我变成另一个样子来看你
抬脚迈过月亮了

你不必告诉我这是为了什么

一

进入诗，相对论是个魔咒
我要抛开又要迎上
有什么可以为真理服务
存在不虚，是这样的
人爱着自己，也爱别人
这样想时我就有了感动
哦，你不必告诉我
这是为了什么

二

陷入疲惫的激情
开放悲观主义的花朵

看不见的伤感烙在一张张面容上
活着是有限的，而爱无限
我爱着你们，你们使我幸福
这种感受来自于何处
哦，你不必告诉我
这是为了什么

三

自私并非因为看到了更多的不公
并非为了生存之必需
是为了爱的人，要活得更好
谁又在为我受损，又或者
被损害者的失去，恰恰是
另一种获得？人要原谅自己
更要原谅他人
哦，你不必告诉我
这是为了什么

此时已是夜深人静

此时已是夜深人静
我潜入过去，最先出现的
是北方落着的大雪，父亲
在雪花飘舞的图画中前行
那个男人是所有父亲
然后是一辆拐弯处的火车
在群山中弯曲前行
我从车窗内看到它
穿行在一片美丽的风景中

思　考

要有野心和激情
思维要进入并超越后现代
人生可以设计，写作可以
反写作，更加艺术
谁有可能成为下一个大师
我自身的局限是什么
如何写出超越时代的佳作
要想获得更大的成就
是否要借助于宇宙科学
面向未来，可以大胆假设
大部分人仍然生活在过去
一切认识都可能是错的
对人的本质该怎样挖掘
月亮有没有可能是黑月亮
语言是否有属性，能够像
灯泡一样发热发光

如果上帝一思考

人类可不可以发笑

在深夜醒来否定一切

在深夜醒来否定一切
陌生人，你越来越年轻
越来越优雅。我该如何
与你相爱？你是全新的
娇嫩的、纯粹的你
是我的想象，是未来
是远方，是云的洁白
天的蔚蓝。亲爱的
你是微风拂过我
是星星望着我
如果我们之间存在着恨
一定是个误会
如果说现实过于沉重
请相信瞬间的感觉
我爱着不仅仅是爱着
爱不是虚无，它实在

在一切事物的内部
在我内部。我该如何发现你
你并非具体，你是模糊的
你无法被命名
但你的确存在

我愿意

推开窗子，树叶是我的爱人
你是神秘的露水，把我打湿
我愿意想见你，一声不响
愿意被你想见，含在唇间

关上房门，夜晚是我的爱人
你是神秘的灯盏，把我照亮
我愿意想见你，一声不响
愿意被你想见，在你身边

爱的感触

多少盲目的人
在爱之中，无法深入
纯粹的感触
我以空虚之唇吻着
空气，和想象中的心灵
长满皱纹的脸庞
浮现出天真的笑容

敞　开

敞开孤独
更加孤独

爱无处不在

你听见或听不见
我都在唱着

爱无处不在
穿过人群
我曾与你擦肩而过

我听见那无声的歌
在唱着我

为了你

为了你
我爱着幸福的人
也爱着不幸的人

为了你
我愿意更自私
也愿意更纯粹

万物有核

万物有核
一滴水也有
当我想起一个人
想起他的透明

万物有核
石头也有
当我想起一座大山
想起它的沉默

万物有核
人也有
心满了就抬起头
看看天空

万物有核

一首诗也有

当我写下这首诗

就在诗中

孤独是一份想象

爱的燃烧
化为另一种爱的能量

孤独是一份想象
饮下另一份想象

叹　息

阅读夜色的人是你
你有着对萤火虫般明亮童年的怀想
因着那想，缓缓生长的夜色发出一声叹息
于是夜晚
愈发阒寂了

一盏摇曳的灯火

一盏摇曳的灯火
在心间照着故乡的屋舍
此刻都市的夜晚端坐着我
一个被梦见的孩子

母亲啊，我看见你的梦里
有一条大河，成群的鱼儿游来游去

未写之信

多少次他想给所有
熟识而疏于联系的人写信
仿佛他的孤独需要解释
假如他给熟识的人写封信
说起从前的他们
以及他们之外的另一些人
又有何意义？全然陌生了
全都戴上了面具

世故之书

他阅读着浩浩荡荡的人们
他被动地阅读着世故之书
变得沉默，他的沉默
如绝望之井望着星空

望星空

嘿，那一次他击掌喟叹
仿佛在黑暗中遇到一位熟人
之后他久久地望着远处
之后又难过地低下头去

那伤感来自何处

有时，他梦见已逝的人
在他身体里掀开天堂小小的一角
更多的时候他梦见没有目的的事物
多么伤感啊
而那伤感来自何处

黎　明

一定有上千个黎明
合成一个感受
我拥有的，别人也必然拥有
那种莫明的爱
如同风景
在风景之中

想象与远方

远方之远他已到达
此刻他正在一一邂逅
他所经历过，所熟悉
并热爱过的人们

如一位天使
他的眼神告诉我
他的眼神正是我的
在望着我

我们去远方

我们去远方
只能去远方

你是否愿意与我
以爱的名誉
成为感受与现实中
不分彼此的人

愿意，我愿意
可是，我渴望
爱的纯粹
生命的自由

我要去经历
只能去经历

你看着我

你看着我
微笑着，令我
感受到良善之人
自然之美

望着夜空
我想做一颗星
以无声的光
望着你

否　定

我否定今生今世
你是我的唯一
否定怦怦跳动的心
是爱的源头
否定日渐枯朽的身体
是大地的空洞
为了放下和拥有
我否定不堪的往事
痛苦的记忆
甚至否定你
是一轮月亮
照着我的忧愁

遇见你

走在辽阔大地上
遇见你

我是诗人
为你写诗

为了风持续吹向远方
为了雪花落向无垠

为　了

为了生活
放弃了生活
为了幸福
放弃了幸福
为了爱情
放弃了爱情
为了自由
放弃了自由
为了自己
放弃了别人
为了活着
放弃了活着

观沧海

在海边，望着
浩淼之水
我想，每朵浪花
都该有个名字

猫

要有猫，就有了一只猫
它来自记忆，也来自想象

它结束了午休，伸伸懒腰
向鲜花怒放的院子
喵喵叫了几声

我也叫了几声
仿佛只有如此，才能邂逅
一种诗情画意

黄昏，一再降临

黄昏，一再降临
一些被忽略的事物
如潜意识，涌动于人性深处
必将作用于命运的曲线
连接满天繁星
有人生活得水深火热
有人则放下一切
走向远方

想到那些不幸的事物

一棵树被台风拦腰折断
断裂处白得刺眼。这个事实
令我难以接受，但感受中
树身四周的灰黑，向其汇聚
以无形之力，减轻它的
疼痛。一种寂静之思
在感受中令世界渐成一体
想到那些不幸的事物
仿佛我也在承受着不幸

多年后我仍记得

多年后我仍记得
在那条冰封的河旁
有位戴皮帽子的男人
跷腿坐在一块石头上
他和他的一只狗
直直地望着我
我走过他，我们无声地
打量着对方。那个时刻
我感到春天的脚步
更近了一些

独木桥

我已经在独木桥上了
我没有翅膀
不知道尽头有什么
我看到有人掉下去
“啊”的一声
天便黑了

游　子

一个寻找词的人
走在风里
遇见望向他的眼神

他喜欢她望着自己的样子
她是皎洁的月亮
他是游子

如　今

我曾经像个孩子
无情地嘲讽别人虚伪
如今，我对每个人笑
也笑自己

我怎么能够说

我怎么能够说
你的眼神已经告诉我
你爱着，且因为爱得更多
正伤感地望着我

我怎么能够说
请相信，我的生命里
流淌着一条河
我曾从你的梦中流过

下点儿雨总是好的

我总想对你说
下点儿雨总是好的
雨不是痛苦与绝望的缔造者
不是内心恶毒而又聪明的蠢货
流着自欺欺人的泪水
它更像忧郁而善良的傻瓜
回忆起从前
被淋湿的纯粹

不能没有悲伤的告别

不是渴望获得更多
不是不可以失去
是纯粹的爱欲
渴望充满悲伤的甜蜜
不过是人生虚空
渴望值得回味的记忆
不过是与某人告别
渴望活得更加真实
不能没有悲伤的告别
告慰孤独的内心

皮笑肉不笑

失去自我的人是这样
他们被事物的表象迷惑
听觉、味觉、视觉、感觉
渐渐失灵，只剩下机械主义的
惯性，和科学主义的仪式
信息社会，物质的人
残存着碎片化的回忆。而他
也曾敏感、纯粹、青春、热情
他露出发黄有裂纹的牙齿
咬住一丝透明的空气
咬住我报之的礼貌性一笑
回到家中，我想象着他
对着镜子龇牙一笑
在镜中，我看到自己的可笑
而我的那颗心是无辜的
它羞怯地争辩：如果你不能够
拥有自我，还配拥有什么

真该病上一场

他望着窗外想，真该病上一场
这样就有借口从无休止的竞争
以及生活的惯性脱身而出。他想象
朋友的问候，亲人的照顾，突然间
有了感动。他需要感动
需要以病床为起点，到别处看看
例如去西藏，风景已在等着他
说不定还有一场艳遇的可能
而责任心，做为正常人的义务
折磨着他，令他结束想象
转身投入没完没了的工作
有时，他真想变成一个穷人
似乎穷人，才有更多的时间
和自由。那种从命运深处闪出的
光辉吸引着体面、成功的他
而他，如何变得一无所有

坏情绪张着血盆大口

坏情绪张着血盆大口
一次次扑向内心正在建构的
小世界，干扰着他的纯粹
顺从吧！认命吧！像很多人那样
随心所欲吧！去赚钱！去成功
去虚情假意！去呼朋唤友
人生短暂，怎么活不是一生
而精神，源于生命内部的吁求
令他执着于自我，令他与疯狂的欲望
斗争。他用耐心、理性、自言自语
调节和安慰自己，也懂得适当让步
以便使肉体听命于精神，仿佛如此
才是正确的人生

一种会消失的感受

例如性，这令人伤感的花朵
充满了猜疑、误解、自私
和隐约的罪恶感。人性的复杂
取消了纯粹的快乐。我寻找
幸福呈现给我的感受，而幸福
被生产，被包装，被贴上标签
成为商品，运往需要幸福的人群
人们殚精竭虑，费尽心机，搜寻
一生幸福的证明，而幸福
是种会消失的感受

人生准则

例如享受孤独和写诗
例如一日三餐，工作和娱乐
我严苛地审视着自己
像条狗守在门口：陌生者慎入
虚情假意者，走开
背信弃义者，滚蛋
我的人生，陷入与万物
息息相关的对立，如果不能
按照他们喜欢的样子
他们便不满，并以各种方式
影响我、引诱我、诬陷我、孤立我
我不断犯错、失败
但决不向它们投降、示弱

一位少女向我走来

一位少女向我走来
她走向我之深处，走向
唐诗宋词，婚丧嫁娶
衣食住行，以及用筷子搛菜的
传统。她走向田间地头
繁华都市，车水马龙
走向不老的诗歌，纯粹的
精神与渴望，一位老诗人
曾经的青春年少。她走向
月光与大海，走向风吹着的
白云悠悠，走向我的生活
与感受，走向我的每一分
每一秒，走向血液与梦境
走向我不可言说的秘密
我渴望亲吻蔚蓝的天空
河水微漾的波纹，天使

蓄有光芒的嘴角，亲吻
不可见之物，而我常有一种
无力感，幸好一只手
握住了颤抖的另一只

橘子（组诗）

一、跃入意识的橘子

人到中年，午休成为依赖
陷入昏昏沉沉的睡眠，醒来
怅然若失。跃入意识的橘子
打断持续的消沉。我决意用
一整个下午写诗。不工作
不写小说，不与人交谈
于是我起身烧水，打开电脑
冲一杯1+2雀巢咖啡，闻闻
它的味道，点燃一支烟——
上述动词与名词，指向我之
外部的平淡无华，又生成
我之内部悄然燃烧的激情
橘子此刻就在我的左边，它

持续存在，没有奇迹发生
许多事物在生命中闪现，并非
因其形式与内容的客观，但
我怀疑存在物与我的关系
有被安排的命运，当我喝下
第三口咖啡，一首诗业已成形
如某个阶段已然结束，因为
一首诗，注入未来某个人
记忆中有可能出现的场景

二、无辜的橘子

最初是，要以强大的耐心
面对需要包容的无礼。这句话
超越现实的鸡毛蒜皮，与
无可奈何，沉重地在心中发声
接着我看到那只无辜的橘子
自在地躺在摆放杂物的桌面
它令我关闭手机，拒绝外部
与我发生联系？我依然
任凭各种信息向我汇集而来
手指敲打在键盘上，目光
紧紧盯着跳动的字符。我与
正在形成的诗成为某个整体
我之于世界的某种关系，正在

发生一场小小的变化，此时
我如同在奔向下一个时空的
内容。点燃另一支香烟，它
与上一支不同，它吸着我
这并不能说明，昨日可以重现
人是不需要理解的石头
因此我小心翼翼，爱着
令我忧愁与痛苦的事物

三、手握那只橙黄色橘子

手握那只橙黄色橘子与手握
地球仪所代表的蓝色星球
多少有些不同。不必细说其
差别，我一味细细打量它
并想着让其走进一幅中国画
成为可望而不可即的美
这念头一闪而逝，继而
我为它换了个角度，将其
摆放在我身体的右侧，呈
站姿，成为想象中世界的中心
假若一切从它开始，世界重新
排序，又当如何？它依然向外
散发着香气，令贪婪的鼻子
渴望讨好身体的感受，如胃液

翻腾，善意地滋养种种美妙的
渴求。橘子一动不动，令我
多次凝视它，并倾注无意识的
情感。思想产生了一片空白
并非空洞，如一位逝者
曾对另一位，过去未来的想象
我再次握起那只橘子，若有
所思地嗅着它的体香

四、橘子也是时间

顺着时间的山脉到达一定的
高度，欲望如空气越来越稀薄
时间流逝令我伤感，客观的
事物令我沉重，令我渴求
无知年少时的叛逆。橘子
也可以是主观上，时间的
某种确立？可以感知的空间
弥漫着令人喜悦的诗情。你
也可以声称它，不过是上万只
橘子中的一只，恰好无声地
在你面前，会枯萎、腐烂
而绝不是一首诗的雏形
可上万个人中定有一位诗人
走向远方，途经一片橘林

并向你的亲人讨要了一只
他克制着剥开它的冲动
如渴望美与爱的永恒。有谁
会在意一个人的感触?一个人
内部所具有的，他亦看不清的
上帝？一个人是多种可能的
沉淀，其命运的种种巧合
如一只橘子的时间，在我
空间的无意识中形成，并一再
越超都市人群的熙熙攘攘
归于安静，归于终将消失的
某种存在的无限循环

五、面对橘子

面对橘子，面对这只而不是
另外一只。安静而不是滚动
或飞翔的橘子。想象它在我
外部随着河水漂流，在多维
空间，如飞碟自在穿行，在
空空舞台星球般加速度旋转
带动都市人群，鲜明或阴晦的
欲望。有种无形之力难以言说
太多无法言说的，被诗意地
覆盖。没有事实对应真理

没有苦痛或喜悦的心灵之蚌
诞生真理一样的事物，我的
全部过往，愧对这只橘子
以及它如此，安静的模样
此时我亦不能拥抱它，不能
拥抱过去一场落在橘林的大雨
一个人对孩提时代的回忆

六、叫橘子的城市

例如，深圳也可以是一座
叫橘子的城市，散发自然的
香气。可以想象冰川溶化后的
海洋，将使它置于浪潮翻涌的
水面——人们早在起伏不定的
生活中习惯了漂流。如此表述
可否为你带来一丝安慰？
我把橘子一次次抛向空中
这样的把戏，可否对抗末日
远未到来的，此刻的人生？
如真正生活过便不会消失，末日
亦不会把人类毁灭。因此我
可以相信，人人都有值得期待的
明天。一只橘子向上滚动与
向下的坠落，不过是在感受中

形式大于内容，但个体与外部
有着难以觉察的整体性，这
与别处不时发生的跳楼事件
造成的残酷现实不同，而城市
整体性的分化，并注入个体
令你抑郁？让我们关注并爱上
橘子般的存在，在它坠落时
伸出温热的手掌，一次次
托起它，仿佛它因你而生
且一再填充着你的虚空

七、橘子与自我

昨日下午四点，一个电话
把我召回并带到儿童医院
带着对橘子的感受，走进
心事重重的人群。自然的
香气，被另一种气息冲散
简单的诗意，被复杂取代
上楼，挂号，付费，下楼
等待，看病，付费，拍片
等待，拿药，吃药，回家
——重复，如成长必要的
变化，在时代与城市的变化中
省略千言万语；外部相对于

内部的粗糙难以避免，现实
相对于理想的真实不容置辩
而自由是种向往，在自我中
散发着橘黄色的光芒。此外
尚有三四桩事情需要处理
这已是第二天中午。太阳
照进工作室，照在这只橘子
光滑的皮肤上，轻声呼吸

八、对橘子说话

我对这只橘子说话的想法
无声无息，而窗外依旧传来
各种声音。无法拒绝这种干扰
正如无法不心动——有套172
平方米的大房子，在河源市的
中心位置，简装修，只需95万
我们要不要换个城市，减经
在深圳生存与发展的压力？
那儿山好、水好、空气也好
人口，也不像在深圳这样稠密
何况，卖掉现有的房子，还清
房贷，我们还有几百万，做点
投资，从此便可以吃穿不愁
过着理想的神仙日子。风马牛

不相及的是，我突然想到
十年前的一场婚礼。我对她说
我愿意！如今新娘是两个孩子的
妈妈，一百个不愿离开
她说，为了孩子，我们当考虑
在这里换套更大、阳光更好的
房子。我无言以对，且无法
和这只橘子私奔

九、橘子也在继续

一切仍在继续，橘子也在
继续存在，它不是拦路虎
我随意搬动它，让它的皮肤
紧贴我的额头，让它的香气
浸染我呼出的气息，让它的
无意识，如雾气般弥漫，进入
我的有意识。我甚至让它
观察我，思考我，谈论我
为此我深吸一口气，并开始
计数，两分二十五秒，如果
我调整气息，有可能憋气
三分半钟——但无法有一个
结论，可以说明我与城市
与他人，与这个时代的关系

只有诗可以安慰我，只有诗
可以自由地虚构一切，并
建立某种新的道德。为此
我需要花去大量的时间与
精力，而无力应付，一场
有可能的婚外情

十、十全十美的橘子

你可以认定，这是一只
十全十美的橘子。你可以
相信，它是一首诗的可能
它将呈现给未知的读者
它也可以变成一只鸟儿
用翅膀呼呼扇动着空气
结束天空与云朵冗长的
沉默，栖于你的心头。而
沉默，是种无声的言说
说着一切的有意识与无
意识。总有意外形成个例
证明你不是我，我不是橘子
我们也并非是一个过程
所能概括的全部。因此
我相信，亲吻这只被动的
十全十美的橘子，如同
亲吻被什么爱着的自己